AF458336

LA COMÉDIE
A
L'IMPROMPTU,
OU
LES DUPES;

Représentée par les Comédiens ITALIENS, *le Mardi 5 Septembre 1780;*

PAR M. DORVIGNY.

Prix 1 *liv.* 4 *sols.*

A PARIS,

Chez la Veuve DUCHESNE, Libraire, rue Saint-Jacques, au Temple du Goût.

M. DCC. LXXX.

PERSONNAGES.	ACTEURS.
M. LOURDIS,	*M. Rosieres.*
Madame LOURDIS,	*Mme. Gonthier.*
ANGÉLIQUE,	*Mme. Julien.*
LISETTE,	*Mme. Dugazon.*
Madame FINOT,	*Mme. Perceval.*
FINOT,	*M. Thomassin.*
VALERE,	*M. Raymond.*
FRONTIN,	*M. Valleroy.*
BONNE-FOI, Notaire,	*M. Favart.*

La Scène est dans un Sallon sur le Jardin.

LA COMÉDIE À L'IMPROMPTU.

SCENE PREMIÈRE.

LISETTE, FRONTIN.

FRONTIN.

MON pauvre Maître ! Ah ! quel malheur ! Il en mourra !

LISETTE.

Mais écoute donc. . . .

FRONTIN.

Je lui avois tant dit de fois : Monsieur, défiez vous ! N'allez pas devenir amoureux ! Ne faites pas une folie comme celle-là ! Jettez vous plutôt dans la rivière la tête la première.

LISETTE.

Parle donc, original. . . .

FRONTIN.

Eh, mon enfant ! vois-tu ; c'est d'amitié que je

lui disois tout cela. Ce pauvre cher homme, il n'en a tenu compte. Il a voulu aimer.... Grand bien lui fasse. Le voilà pas mal à présent.

LISETTE.

Mais enfin, maudit bavard, me laisseras-tu parler avec tes complaintes éternelles ?

FRONTIN.

Te laisser parler! Eh! que pourrois-tu me dire? Nous sçavons tout. Ta Maitresse en épouse un autre que mon Maître.... Monsieur Finot, son Prétendu, est arrivé. Mais ne crois pas que nous soyons gens à céder ainsi la place? Nous allons paroître ici, mon Maître & moi, sommer Isabelle & toi de vous rendre à discrétion; & sur le refus que vous en ferez, nous assiégerons le Père & la Mère, nous mettrons le Provincial à feu & à sang, & nous emporterons d'assaut la Fille & la Soubrette. Voilà notre plan d'attaque; arrangez-vous pour la défense.

LISETTE.

Tais-toi donc, Nigaud! J'ai un plan bien meilleur. Il ne sera pas besoin de répandre de sang, ni de prendre la chose au tragique.

FRONTIN.

Comment donc?

LISETTE.

Monsieur Lourdis, Père d'Isabelle, veut effectivement la marier à un Provincial qui vient d'arriver avec sa Mère. Pour le divertissement de la nôce, il veut faire représenter une Comédie chez lui; mais comme c'est un esprit baroque, il voudroit de l'extraordinaire, & il m'a chargé de lui chercher un Poëte & un Musicien; il ne connoît ni ton Maître, ni toi. Il faut d'abord vous introduire en cette qualité.

FRONTIN.

En Poëte, & en Muficien! .... Des Militaires!

LISETTE.

Sans doute. Lorfqu'une fois vous ferez dans la maifon, nous trouverons les moyens d'agir de concert pour empêcher ce mariage.

FRONTIN.

Hem? J'ai bien peur que nous n'en foyons que les témoins.

LISETTE.

Ne crains rien, te dis-je; nous réuffirons. Songe donc que nos Maîtres ont pour eux la jeuneffe & l'amour.

FRONTIN.

Et la malice féminine! Comptes-tu donc cela pour rien?

LISETTE.

Pauvre fot! Elle vaut toujours bien la bonté mafculine.... Mais revenons à nos affaires. D'abord le Père, Monfieur Lourdis, eft un Bourgeois épais, qui s'eft enrichi dans le Commerce, & qui a la fureur d'avoir de l'efprit. Madame Lourdis, fa digne moitié, eft une bavarde outrée, jouant le fentiment, & qui à cinquante ans croit n'en avoir que vingt.

FRONTIN.

Bon! le Provincial eft un fot, cela va fans dire. Et fa Mère? ....

LISETTE.

Sa Mère le vaut bien.

FRONTIN.

A merveille! Moi, j'ai de l'efprit, tu es adroite, Nos Maîtres ont de l'amour; les Provinciaux doivent baiffer pavillon; il n'y a pas là de réplique.

LISETTE.

Tais-toi: voilà Monfieur Lourdis qui rêve à fa Comédie. Je vais te préfenter.

FRONTIN.

Oui : mais j'ai peur que pendant ce tems-là mon Maître ne s'impatiente. Il est si vif! Il pourroit venir faire ici quelque Scène qui dérangeroit tout.

SCENE II.

LES ACTEURS PRÉCÉDENS. LOURDIS, *entre en rêvant & se parlant.*

LOURDIS, *à lui-même.*

NON, non, jamais ma Fille n'auroit pu mieux choisir. Un bon garçon! riche, jeune, honnête!... Ma foi, c'est un très-bon parti!

LISETTE.

Monsieur, que me donnerez-vous pour la bonne nouvelle que je vous apporte?

LOURDIS.

Qu'est-ce que c'est?

LISETTE, *présentant Frontin.*

Voyez-vous bien cet homme-là, Monsieur?

LOURDIS.

Oui. Eh bien! qu'est-ce que c'est?

FRONTIN.

Monsieur, je suis.... (*à Lisette.*) Abrège donc le cérémonial?

LISETTE.

C'est un homme universel, Monsieur! C'est votre bonne étoile qui vous l'envoye.

LOURDIS.

Oui-da! oh bien! tant mieux!

LISETTE.

Oui, Monſieur, univerſel! Muſique, Poéſie, Décorations, Comédies.... Il s'entend à tout.

LOURDIS.

Quoi! Monſieur eſt Poëte?

FRONTIN.

Sous votre bon plaiſir, Monſieur.

LOURDIS.

Et Muſicien?

FRONTIN.

Autant l'un que l'autre.

LOURDIS.

Parbleu! Je me réjouis fort de vous voir ici.

FRONTIN.

Oh mais, Monſieur, j'ai un Maître qui eſt bien autre choſe....

LOURDIS.

Hem!

FRONTIN.

Oui. Un homme dont je ſuis l'Élève! Un Virtuoſe de la première force! Oh, diable; c'eſt celui-là qui vous ſurprendra....

LOURDIS.

Tant mieux; voilà ce qu'il nous faut. Liſette vous a ſans doute dit le ſujet de la Fête que je voudrois donner.

LISETTE.

Oui. Je lui en ai touché deux mots.

LOURDIS.

Eh bien! Monſieur, voilà ce que c'eſt.... Je marie ma Fille, comprenez-vous? Son Prétendu eſt ici avec ſa Mère, & je veux les régaler d'une petite Comédie, ... faite exprès; .... vous entendez bien?

FRONTIN.

Très-bien, Monſieur.

LOURDIS.

Ce ſera fort galant, eſt-il vrai?

FRONTIN.

Oh! je vous en réponds.

LOURDIS.

Mais ce n'eſt pas le tout. Je voudrois du neuf, entendez-vous? Quelque choſe de gai; la, du plaiſant: ... car ma Fille, depuis quelque tems, a un fond de chagrin; ... on ne ſçait d'où cela vient: ... mais je voudrois la diſſiper; ſentez-vous?

FRONTIN.

Oui, j'entends votre idée.... une plaiſanterie? ...

LOURDIS.

Juſtement. Pour rire.... comme qui diroit.... tenez.... je vais vous expliquer ça encore plus clairement. Imaginez-vous, mon Gendre eſt un fort bon garçon; mais, entre nous, il eſt un peu neuf, voyez-vous; cela ſort de Province; ça n'a rien vu, & je voudrois un peu rire à ſes dépens.... Y êtes-vous à préſent? Hem!....

FRONTIN.

Oui, oui, Monſieur, je comprends.

LOURDIS.

Bon, arrangez-nous çà.... là, quelque petite drôlerie dans le goût de.... dont il ſoit la dupe pour un moment.... là,... une manière de poiſſon d'Avril.... hem?

LISETTE.

Oui. Comme je vous diſois, il s'agit de duper le Gendre.

LOURDIS.

Eh! oui; voilà tout.

FRONTIN.

Oh bien! on le dupera, Monſieur, on le dupera.

SCENE III.

LES ACTEURS PRÉCÉDENS. Madame LOURDIS, VALERE, *en uniforme.*

Madame LOURDIS, *à Valère.*

MONSIEUR, je ne puis rien répondre à tout cela. Mais voilà mon Mari ; expliquez-vous avec lui.

FRONTIN, *à Lisette.*

Ah ! morbleu ! Voilà mon Maître ; il a déjà parlé à la Femme.

VALERE, *à Lourdis.*

Ah ! Monsieur, prenez pitié d'un amoureux passionné qui n'a plus d'espérance qu'en vous.

LISETTE, *à Frontin.*

Eh ! miséricorde ! il va tout gâter.

FRONTIN, *à Lisette.*

Laisse-moi faire.

LOURDIS, *tout étonné, à Valère.*

Monsieur, que voulez-vous dire ?

VALERE.

Je viens vous découvrir le secret de mon cœur, & j'attends de vous....

FRONTIN, *l'arrêtant.*

(*A Valère.*) Paix. Taisez-vous. (*A Lourdis en riant.*) Ah, ah, ah ! Monsieur ; vous n'êtes pas au fait. (*A Valère.*) Taisez-vous, vous dis-je. (*A Lourdis.*) Monsieur que voilà.... C'est une idée plaisante que j'ai eu. (*A Valère.*) Ne dites mot. (*A Lourdis.*) C'est mon Maître, celui dont je suis l'Élève, ce Virtuose, dont je vous parlois tout-à-l'heure ; de plus, il est Poëte, & joue la Comédie à merveille.

LOURDIS.

Ah! Monſieur eſt Poëte!

VALERE.

Moi, Poëte!

FRONTIN.

(*Bas à Valère.*) Oui. (*A Lourdis.*) Oui, Monſieur, Poëte; & des plus Poëtes qui ſe faſſent encore.

Madame LOURDIS.

Pourquoi donc porte-t-il l'uniforme?

LISETTE.

Oh! c'eſt.... c'eſt le Poëte du Régiment.

FRONTIN.

Oui, c'eſt celui qui chante les Batailles, les Victoires! Oh! c'eſt un grand homme, allez!

LOURDIS.

Peſte!

VALERE, *à Frontin.*

Mais, à quoi bon?...

FRONTIN.

Chut. (*A Lourdis.*) J'ai cru qu'il nous feroit fort utile pour la Comédie que vous voulez repréſenter; & comme il joue les Amoureux à ravir, il a voulu tout en entrant vous donner à l'Impromptu une petite idée de ſon talent.

LOURDIS.

Bien, bien, morbleu. J'en ai été la dupe, ma foi; Monſieur a l'air de jouer bien naturellement.

Madame LOURDIS.

Oh! mon ami, ce n'eſt rien en comparaiſon de la ſcène que Monſieur m'a jouée tout-à-l'heure dans le Sallon! C'eſt cela qu'il falloit voir!

VALERE.

Comment, jouée?... (*A Liſette.*) Mais, explique-moi donc....

FRONTIN, *s'emparant du Père & de la Mère.*

Ecoutez, Monsieur, & vous, Madame, ce que j'ai pensé sur votre Comédie . . . . . il ne faut pas aller chercher des Acteurs plus loin. Nous jouerons nous-même. Monsieur & moi, nous donnerons le canevas d'une Pièce, & chacun remplira son rôle à l'impromptu. C'est plus chaud. Par exemple, Monsieur, je suis persuadé que vous vous acquitterez très-bien du vôtre.

LOURDIS.

Moi, oh! je vous en réponds. Ma foi, tenez, j'avois la même idée que vous.

SCENE IV.

LES ACTEURS PRÉCÉDENS, FINOT.

FINOT.

EH bien, beau-père, vous nous laissez tous seuls?

LOURDIS.

Un moment, un moment, mon Gendre, je suis à vous.

FRONTIN.

Ah! c'est donc Monsieur qui est le Prétendu?

LOURDIS.

Oui, c'est mon Gendre.

FRONTIN.

En ce cas-là, honneur à Monsieur le Gendre. (*A Valère.*) Monsieur, faites compliment à Monsieur.

VALERE, *à Finot.*

Monsieur, permettez-vous que j'aie l'honneur de vous assurer de l'intérêt . . . .

FINOT.

Monsieur, vous êtes bien bon... assurément... & je ne mérite pas .... Beau-père, qu'est-ce que c'est que ces gens-là?

LOURDIS.

Bon, bon, nous vous mettrons au fait. Mais à présent, Messieurs, achevons un peu, pour notre Pièce.

FRONTIN.

Eh bien, Monsieur, le plan sera, comme à l'ordinaire, une intrigue amoureuse. Une jeune fille aura un Amant qui sera, comme cela se pratique, traversé par un rival laid & maussade, comme c'est encore l'usage. Tenez, supposons que ce soit Monsieur qui fasse le rôle.

LOURDIS.

Oui, bon!

FINOT.

Comment donc, Monsieur, maussade!

LOURDIS.

Oui, laissez donc, je vous dis qu'on vous expliquera tout cela. (*A Frontin.*) Après, Monsieur?

FRONTIN.

Eh bien! après ce rival laid & maussade, comme Monsieur, disons-nous, sera protégé par les parens; mais l'Amoureux aura pour lui le cœur de la Demoiselle & la Suivante de la maison, fille qui doit être fort adroite.

LISETTE.

J'entens, Monsieur; voilà qui me regarde.

FRONTIN.

Bon. Pour les aider, nous mettrons encore dans leurs intérêts un certain Valet fourbe de profession....

LOURDIS.

Qui est-ce qui jouera ce frippon-là?

FRONTIN.

Moi, Monſieur ; à votre ſervice.

LOURDIS.

Fort bien.

FRONTIN.

Et ils chercheront enſemble les moyens de duper le Rival, le Père & la Mère, & de couronner leur amour par un bon mariage, comme c'eſt auſſi la concluſion de toutes les Pièces.

LOURDIS.

A merveille. Voilà tout ce qu'il faut.

FRONTIN.

Maintenant procédons à la diſtribution des rôles. (*Bas à Liſette.*) Toi, vas prévenir ta Maitreſſe.

LISETTE.

Bon, j'y vais. (*Elle ſort.*)

SCENE V.

LES ACTEURS PRÉCÉDENS, HORS LISETTE.

FRONTIN, *à Lourdis.*

VOUS, Monſieur, vous avez de la chaleur & du raiſonnement, vous nous jouerez fort bien le Père. Eſt-il vrai ?

LOURDIS.

Oui, parbleu ! je le jouerai, & je vous en dirai de bonnes même.

FRONTIN.

Vous, Madame, vous ferez la Mère.

Madame LOURDIS.

Qui ? moi ! faire la Mère ! Y penſez-vous donc ?

FRONTIN.

Oui, Madame, vous avez de la dignité, cela vous ira fort bien.

Madame LOURDIS.

Non, Monſieur, non; je ferai l'Amoureuſe.

LOURDIS.

Comment, l'Amoureuſe?

Madame LOURDIS.

Oui, mon cher Epoux, l'Amoureuſe.

FRONTIN.

Mais, avec votre permiſſion, Madame, cela ne ſe peut pas.

Madame LOURDIS.

Pourquoi donc pas? A votre avis, ſuis-je laide, vieille, hideuſe?

FRONTIN.

Oh! non.

Madame LOURDIS.

Croyez-vous qu'on manque de maintien?

VALERE.

Non, Madame; mais....

Madame LOURDIS.

Il n'y a pas de mais, Monſieur. Apprenez, qu'on n'en eſt pas encore à faire les rôles de Mère.

LOURDIS.

Mais quel diable d'embarras! Voulez-vous que ce ſoit votre fille qui les faſſe?

FRONTIN.

Effectivement, Madame, il faut vous prêter aux circonſtances.

LOURDIS.

Eh, parbleu! oui; vous voyez bien, moi je fais le Père, & certainement ſi je voulois.... Mais je n'en parle pas; je vous donne l'exemple.

Madame LOURDIS.

Eh bien! mon cher ami, si cela vous fait plaisir, je veux bien vous faire ce sacrifice-là. Je jouerai la Mère : mais cela ne m'ira point du tout; vous le verrez.

VALERE.

Ah? comme cela, Madame, les situations seront bien plus naturelles. Mademoiselle votre Fille jouera l'Amoureuse, Monsieur le Prétendu jouera le Rival, & moi l'Amant; vous avez la Soubrette, & Monsieur fera le Valet.

FINOT.

Mais je ne comprends pas, moi....

LOURDIS.

Ne vous inquiétez pas; je vous ferai comprendre ça, moi : je vous expliquerai votre rôle.

FRONTIN.

Écoutez, Monsieur, vous n'avez qu'à prévenir tout votre monde. En attendant que vos Spectateurs soient arrivés, envoyez-nous Mademoiselle votre Fille, nous allons faire une répétition avec elle, pour prendre l'intelligence des caractères.

LOURDIS.

C'est bien pensé. Nous répéterons ici, mon Gendre. Allons chercher Madame Finot. (*A sa Femme.*) Vous, ma chère amie, allez avertir votre Fille. (*Lisette rentre.*) Toi, Lisette, reste avec ces Messieurs, pour arranger ici tout ce qu'il faudra.... Nous allons vous amener tous les Acteurs. (*Il s'en va avec sa Femme & Finot.*)

SCENE VI.

VALERE, LISETTE, FRONTIN.

FRONTIN.

EH bien! Lisette, as-tu prévenu ta Maitresse?

LISETTE.

Pas encore; je n'ai pu l'approcher, Madame Finot ne la quitte pas.

VALERE.

Il est cependant nécessaire de l'avertir, de peur que sa surprise ne nous trahisse.... Voilà tout ce qu'il faut pour écrire. Je vais lui faire une Lettre, pour la prévenir sur notre projet.

FRONTIN.

C'est bien pensé.... Nous, songeons à notre dénouement; c'est l'essentiel. Écoute, Lisette, connoîtrois-tu un Notaire aguerri?

LISETTE.

Oui, oui, j'ai ce qu'il nous faut.

FRONTIN.

Tant mieux; que le contrat soit bien en règle, entends-tu? Qu'il se tienne prêt au moindre signal. Vole, & reviens.

LISETTE.

Sois tranquille; je réponds de tout. (*Elle part.*)

SCENE VII.

SCENE VII.

VALERE, FRONTIN.

VALERE.

COMMENT, tu renvoyes Lisette? & ma Lettre pour Angélique, par qui la lui faire tenir à présent?

FRONTIN.

Par qui? .... Ma foi, voilà le Père qui revient; Il n'y pas à balancer. Il faut qu'il fasse lui-même la commission, sans s'en douter.

SCENE VIII.

LES ACTEURS PRÉCÉDENS. LOURDIS.

LOURDIS.

VOILA notre monde que je vous amène.

VALERE.

Un instant, Monsieur, j'ai fait des réflexions sur notre petit impromptu, & comme vous me paroissez avoir une excellente tête, je ne vous dis rien sur votre rôle; mais j'ai cru nécessaire d'en donner une petite idée à Mademoiselle votre fille, qui doit être plus neuve que vous.

LOURDIS.

Oui, vous avez raison.

VALERE.

Pour lui faciliter son rôle, nous la prenons dans

la ſituation actuelle de ſon eſprit. Elle a un fond de chagrin, dites-vous ?

LOURDIS.

Oui, une mélancolie, on ne ſçait ce que c'eſt.

VALERE.

Eh bien, Monſieur, nous ſuppoſons que cette triſteſſe que vous lui voyez, vient de la perte d'un Amant qu'elle regrette.

LOURDIS.

Comment, d'un Amant ?

FRONTIN.

Oui, oui, Monſieur, avec les jeunes filles on peut ſuppoſer cela ; d'ailleurs, voyez-vous c'eſt ſituation de Roman.

LOURDIS.

Ah, bon, je comprends.

VALERE.

Nous ſuppoſons donc qu'elle eſt triſte de la perte d'un Amant qu'elle regrette, & de la néceſſité où elle ſe trouve de prendre un Époux qu'elle n'aime pas.

FRONTIN.

Comprenez-vous à préſent ?

LOURDIS.

Oui, oui, bien vû. Il me paroît bien habile cet homme-là ?

FRONTIN.

Oh ! je vous en répons. C'eſt le premier homme du monde pour une intrigue amoureuſe, & ſur-tout pour un dénouement, il eſt expéditif.

LOURDIS.

Bon. C'eſt ce qu'il faut.

VALERE.

Suivons l'idée, Monſieur ; voici une Lettre que

vous ferez remettre à Mademoiselle votre fille, comme de la part de cet Amant ſuppoſé, de.... Valere, par exemple ; elle ſera d'abord ſurpriſe, comme bien vous penſez.

LOURDIS.

Parbleu ! je vous le demande.

VALERE.

Alors, j'arriverai, moi, faiſant le perſonnage de ce Valere, &.... après.... le reſte ira de ſuite.

LOURDIS.

Bon, bon, je m'en rapporte à vous. Vous m'avez l'air d'un gaillard !... Allons, allons, tant mieux, nous rirons.

FRONTIN.

Oh ! pour cela, je vous en répons, allez.

VALERE.

Les voilà qui viennent, préparez tout cela. Nous allons nous retirer un inſtant pour ménager la ſurpriſe, & nous ne paroîtrons que lorſqu'il en ſera tems.

LOURDIS.

Bien dit : je vais parler à ma fille, & mettre tous nos Acteurs ſur la voie.

(*Valere & Frontin ſe cachent.*)

SCENE IX.

TOUS LES ACTEURS ENTRENT.

Madame LOURDIS, *à ſon mari.*

MON ami, nous commencerons quand vous voudrez.

Madame FINOT.

Ce n'eſt pas parce que Finot eſt mon fils, mais je vous répons qu'il jouera bien ſon rôle.

FINOT, *niaiſement.*

Oh, pour ça oui, ma mère.

LISETTE.

D'abord, Monſieur eſt on ne peut pas mieux dans le caractère.

LOURDIS.

Allons, Meſdames, prenez des chaiſes.

(*On s'aſſied.*)

(*Liſette voudroit parler à Angélique, mais Lourdis l'en empêche.*)

Paix Liſette. (*Il prend Angélique.*) Écoute toi, Angélique. Nous allons, comme je t'ai dit, jouer une Comédie à l'Impromptu....

ANGÉLIQUE.

Mais, mon père....

LOURDIS.

Eh bien, quoi? vas tu encore me dire que tu es chagrine? C'eſt juſtement pour cela, ça t'égayera. C'eſt un petit divertiſſement qu'on te donne...... Écoute-moi donc. Il faut ſuppoſer que tu as un amoureux en Campagne....

FINOT.

Comment, un amoureux, & moi donc....

LOURDIS.

Eh oui, mon Gendre, un amoureux.... Laiſſez-nous donc faire, laiſſez-nous conduire cela. Voilà l'eſprit de ton rôle, entends-tu, ma fille? Cet amoureux ſçait ton futur mariage, il en eſt très-piqué, & il t'a écrit cette Lettre.

LISETTE, *prenant la Lettre.*

Une Lettre; doucement, Monſieur, vous allez ſur mes briſées. Ceci eſt de l'emploi des Confidentes.

Aſſeyez-vous, Monſieur; & nous, Mademoiſelle, en ſcène, s'il vous plaît.

LOURDIS.

A la bonne heure, j'y conſens, voyons un peu comment vous vous en tirerez toutes les deux.

(*Ici tout le monde s'aſſied de côté, & les Perſonnages qui répètent ſe mettent en ſcène.*)

ANGÉLIQUE, *bas à Liſette.*

Mais, Liſette, es-tu folle de vouloir que je me porte à une pareille extravagance?

LISETTE, *haut exprès & du ton de la ſcène.*

Non, Mademoiſelle, je connois vos chagrins & je veux les diſſiper. Apprenez que votre Amant va paroître, qu'il va mettre tout en œuvre pour vous arracher des mains de ſon rival, que je le ſeconde dans ſon projet; & qu'enfin voilà une Lettre de ſa part.

ANGÉLIQUE.

Ah! Liſette, ceſſe ce jeu cruel.

LISETTE.

Mais, Mademoiſelle, ce n'eſt point un jeu. Liſez vous-même & reconnoiſſez l'écriture.

(*Elle développe ſa Lettre.*)

ANGÉLIQUE, *voyant l'écriture.*

Ciel! que vois-je?

LOURDIS.

Fort bien, ma fille, bien naturellement.

Madame FINOT.

Oui, très-bien.

LISETTE.

Liſez, Mademoiſelle.

ANGÉLIQUE, *lit.*

Ma chère Angélique, il eſt donc vrai qu'un rival odieux veut m'enlever ce que j'ai de plus cher au monde.... Mais il n'eſt pas tems de nous répandre en plaintes inutiles, il faut agir. Je vous avertis donc de ne vous étonner de rien. Vous m'allez bientôt voir en préſence même de vos parens, & nous chercherons enſemble devant eux les moyens de nous ſouſtraire à leur tyrannie. Le plus tendre & le plus fidèle Amant, VALERE.

LOURDIS.

Bien imaginé, morbleu! Cette Lettre-là prépare l'intrigue à merveille, eſt-il vrai, Meſdames?

Madame FINOT.

Oui, je vois déja que voila un rival pour mon fils, tiens-toi bien, Finot.

FINOT.

Oh! que oui, ma mère.

LOURDIS, *avec intérêt.*

Chut, paix. Allons, courage, Angélique, égaye toi.

LISETTE.

Sans doute, Mademoiſelle, la ſituation l'exige.

ANGÉLIQUE, *toujours embarraſſée.*

Ah! ma chère Liſette, eſt-il poſſible! Cette Comédie! Valere.... Ah! je n'oſe....

LISETTE.

Oſez tout, Mademoiſelle, oſez tout.

LOURDIS.

Eh! oui, je te dis, livre-toi.

ANGÉLIQUE.

Non, Liſette, je me flatte mal à propos. Cette Lettre n'eſt ſans doute qu'une illuſion. Ce Valere, ce nom ſi cher à mon cœur, n'eſt peut-être ici qu'un nom pris à plaiſir.... Et le véritable Valere, celui qui me cauſe tant d'allarmes....

SCENE X.

VALERE ET FRONTIN *entrent en ſcène.*

VALERE, *aux genoux d'Angélique.*

IL eſt à vos pieds, chère Angélique! Il vous adore. (*Il lui baiſe la main*).

ANGÉLIQUE, *ſe laiſſe aller dans les bras de Liſette & Frontin.*

Ciel!

LOURDIS.

Ah! mes enfans! Le beau tableau! Ma foi, j'en ai la larme à l'œil.

FRONTIN.

Paix donc, Monſieur; ne troublez pas l'enthouſiaſme. (*A Angélique*). Continuez, Mademoiſelle, & parlez hardiment. Vous devez être au fait à préſent.

LOURDIS.

Oui, ma fille; du cœur. Imagine-toi que tout cela eſt véritable.

FRONTIN.

Eh, ſans doute; il n'y a que cela pour bien jouer.

FINOT.

Véritable! Oh, quoique çà, je vois toujours ben que c'eſt un ſemblant, moi. Pas vrai, ma mère?

LISETTE.

Aſſurément, Monſieur. Oh! vous prenez fort bien la choſe.

FRONTIN, *à Madame Lourdis.*

Ici, Madame! Il faut que vous ſurpreniez les

Amans.... (*A Valere*). Vous, Monsieur, pour rendre la scène plus piquante, baisez bien tendrement la main à Mademoiselle. Fort bien.... Allez, Madame, jouez l'étonnement.

Madame LOURDIS *se lève & vient gauchement se mêler à l'action.*

Laissez-moi faire.... Que vois-je! un homme baiser la main d'Angélique! (*Les deux Amans feignent d'être déconcertés; de l'autre côté, Frontin & Lisette s'écrient:*) Oh! Ciel! .... c'est le Diable. (*Ils restent en attitude.*)

LOURDIS.

Bien pris! ma foi, bien battu chaud!

Madame FINOT.

Oui, voilà une belle situation!

FINOT.

Mais moi, ma mère, quand est-ce donc que j'entrerai?

FRONTIN.

Eh! Monsieur, vous n'avez pas encore affaire là.

LOURDIS.

Oui, oui, l'on vous avertira. Allez, ma femme, allez.

Madame LOURDIS, *à Valère.*

Monsieur, que cherchez-vous ici?

VALERE.

Hélas! Madame, je ne vous cache point que c'est l'amour qui m'a conduit.

Madame LOURDIS, *minaudant.*

L'amour?

VALERE.

Oui, l'amour le plus tendre a pénétré mon cœur.

Madame LOURDIS.

Ce pauvre jeune homme.... en vérité, me voilà toute émue.

VALERE.

Ah! Madame, daignez nous être favorable.

ANGÉLIQUE.

Ma mère, que je vous aurai d'obligation!

Madame LOURDIS.

Allez, allez, petite fille, retirez-vous; vous n'avez pas affaire ici... Et vous, mon enfant, dites-moi....

FRONTIN.

Pardon, Madame; mais il me semble que vous oubliez la situation.

Madame LOURDIS.

Point du tout. Monsieur me parle d'amour, & il me semble qu'il ne faut pas de témoins pour gêner sa déclaration.

FRONTIN.

Oui, Madame, Monsieur parle d'amour, mais ce n'est pas vous que cela regarde.

Madame LOURDIS.

Comment! ce n'est pas moi?

LISETTE.

Et non, vraiment; c'est votre fille. Souvenez-vous donc que vous êtes la Mère.

Madame LOURDIS.

Ah! c'est vrai. Je n'y pensois plus. Vous voyez bien, mon ami, ce rôle-là ne m'ira jamais.

LOURDIS.

Tubleu! ma femme, comme vous prenez feu!

Madame LOURDIS.

Hélas! mon cher époux, c'est que cela me rappelle nos amours, & je ne saurois jouer cela de sang-froid.

LOURDIS.

Eh bien! Madame, pour vous calmer un peu, je vais entrer, moi.

FRONTIN.

Oui-dà. Auſſi-bien il eſt tems de mettre en jeu Monſieur Finot.

LOURDIS.

Je vais le préſenter. Allons, mon gendre, à nous.

FRONTIN.

Un inſtant, Monſieur, filons la ſcène. Au bruit que vous faites avant d'entrer nous redoublons nos inſtances auprès de Madame qui s'attendrit & nous promet ſon appui contre vous. Alors on nous fait cacher dans le cabinet. Cela donnera matière à d'autres incidens.

LOURDIS.

Fort bien. A nous maintenant.

Madame FINOT.

Allons, Finot, redreſſe-toi bien.

(*Ils entrent en ſcène.*)

LOURDIS, *d'un air gauche, mais avec beaucoup de prétention.*

Ma femme, & vous, ma fille, réjouiſſez-vous. Voilà mon gendre arrivé, & je vous le préſente. Ne le trouvez-vous pas joli garçon ?

FINOT *les ſaluant tous gauchement à meſure qu'il parle.*

Ah! Monſieur....

Madame LOURDIS.

Il eſt fort bien tourné.

FINOT.

Ah! Madame....

LISETTE.

Monſieur a quelque choſe de très-revenant.

FINOT.

Ah! Mademoiſelle....

Madame FINOT.

Oh ! mon fils n'eſt pas mal quand il veut.

FINOT.

Ah ! ma mère....

FRONTIN.

Prenez garde, Monſieur, Madame n'eſt pas de la Pièce.

FINOT.

Ah ! non, non.

LOURDIS.

Allons, mon Gendre, dites quelque choſe d'agréable à la Future.

FINOT.

Ma mère, ſi je diſois c'te Chanſon que j'ai faite exprès ?

LISETTE.

Une déclaration en muſique ! Ecoutons cela.

FINOT.

Ah ! mais, Mademoiſelle, je n'en ſçais pas encore la muſique, il n'y a que les paroles de faites.

LISETTE.

C'eſt bien dommage : mais voyons toujours les paroles.

FINOT.

Ma chère Demoiſelle,
Si charmante & ſi belle,
Vous enchantez le cœur
De votre Serviteur.

LOURDIS.

De votre ſerviteur ! c'eſt très-poëtique.

FRONTIN.

Quand il y aura une muſique analogue...

LISETTE.

Oui, ce ſera piquant. Après, Monſieur.

FINOT.

Près de vous je ſoupire ;
Et je ne ſçais que dire ;
Mais ſi j'y perds mes ſoins,
Je n'en penſe pas moins.

LISETTE.

Il n'en penſe pas moins !... Y en a-t-il encore ?

FINOT.

Voilà le dernier.

Si j'ai votre ſuffrage,
Si l'Hymen nous engage,
Vous verrez votre époux
Sans ceſſe à vos genoux.

LISETTE.

A vos genoux ! c'eſt galant cela, Mademoiſelle !

Madame FINOT *ſe lève & vient à lui.*

Viens, mon fils, viens Finot, il faut que je t'embraſſe.

FRONTIN, *la voulant retenir.*

De grace, Madame, n'interrompez donc pas ?

Madame FINOT, *après.*

Pardon, Monſieur ; c'eſt un premier mouvement, dont je n'ai pas été la Maitreſſe.

LISETTE.

C'eſt bien naturel, bon ſang ne peut mentir. Embraſſez-vous. Allez, Madame, vous tenez bien l'un de l'autre.

FRONTIN.

Allons, allons au fait. (*A Lourdis.*) Monſieur, parlez un peu du contrat.

LOURDIS.

Bon, bon ; laiſſez-moi faire. Mon Gendre, je ſuis enchanté de vous ; & comme il me paroît que ces Dames penſent comme moi ſur votre compte, je veux terminer au plutôt votre mariage ; & de ce pas je vais chez mon Notaire faire dreſſer les articles du contrat. (*Il ſe retire avec fracas, & vient ſe raſſeoir.*

FRONTIN.

Fort bien, Monſieur ; voilà une ſortie fort bien ménagée.

LOURDIS, *triomphant.*

Oh ! je connois un peu mon théâtre. Je ne ſuis pas encore en train ; mais ce ſoir, quand il y aura du monde .... Vous verrez, vous verrez à l'exécution.

LISETTE.

Mais, Monſieur, l'autre Amoureux, qui eſt caché & qui a tout entendu, doit être furieux de la préférence qu'on donne à ſon rival.

LOURDIS.

Ah ! dame, oui ; que faire de lui à préſent ?

FRONTIN.

Eh, parbleu ! rien de plus ſimple. C'eſt un Officier, il faut qu'il ſe conduiſe en militaire ; eſt-il vrai ? Qu'il vienne propoſer un cartel à l'autre & qu'il le faſſe déguerpir. Qu'en penſez-vous ?

LOURDIS.

Oui... Diable ! cela va faire une ſcène d'éclat. (*Bas.*) Je parie que mon Gendre a peur.

FRONTIN.

C'eſt fait exprès. (*A Valère.*) Allons, Monſieur, ſortez du cabinet en fureur ; vous, Liſette, allez chercher celui qui doit faire le Notaire.

(*Liſette ſort.*)

SCENE XI.

LES ACTEURS PRÉCÉDENS, HORS LISETTE.

LOURDIS.

AVEZ-VOUS quelqu'un pour cela ?

FRONTIN.

Oui, oui, ſoyez tranquille ; tout eſt prévu.

VALERE, *jouant le déſeſpoir.*

Ciel ! qu'ai-je entendu ? Madame, je compte ſur vos bontés que j'implore. (*A Finot.*) Et toi, qui viens pour m'enlever l'objet de mon amour, commence auparavant par m'arracher le cœur. (*Il tire l'épee ſur lui.*

FINOT *recule en tremblant.*

Eh bien ! Monſieur, au ſecours donc.

Madame FINOT, *ſe jettant entr'eux avec effroi, & retenant le bras de Valère.*

Qu'eſt-ce que c'eſt donc, Monſieur ? Je ne veux pas que mon fils ſe batte, moi.

FRONTIN, *arrêtant Madame Finot.*

Eh ! Madame, vous interrompez au plus bel endroit ; laiſſez donc faire.

LOURDIS.

Eh ! oui, Madame, c'eſt le jeu de la ſcène.

Madame FINOT.

Oh ! ſcène tant qu'il vous plaira ; mais mon fils ne ſe battra pas. Comment donc, un fils unique !

FRONTIN.

Eh ! non, Madame, il ne faut pas qu'il ſe batte non plus, au contraire. Il faut que Monſieur ſoutienne ſon caractère, qu'il ait peur, qu'il tremble,

& que pour ſauver ſa vie il cède ſa Maitreſſe à Monſieur.

LOURDIS.

Sans doute : voilà juſtement mon idée. Suivez donc le fil.

Madame FINOT.

A la bonne heure, ſitôt que mon fils n'eſt pas obligé de ſe battre...

FRONTIN.

Non, Madame. Vous voyez que Monſieur a bien mieux ſaiſi l'intention du rôle. Tenez, regardez-le.

On voit Finot dans un coin, qui tremble de toutes ſes forces.

LOURDIS.

Comment donc! Fort bien, mon Gendre! Bien naturellement, ma foi!

SCENE XII.

LES ACTEURS PRÉCÉDENS. LISETTE.

LISETTE.

VOICI le Notaire; peut-il entrer?

FRONTIN.

Un inſtant. Vous, Monſieur, préparez l'entrée du Notaire.

VALERE.

(*A Finot.*) Eh bien! Monſieur, je vous laiſſe le choix, ou de renoncer tout-à-l'heure à Mademoiſelle, ou de me diſputer ſon cœur l'épée à la main.

Madame FINOT.

Allons, allons, Finot; point de diſpute.

FINOT.

Monsieur, puisque Mademoiselle vous plaît.... & que vous lui plaisez aussi.... & que cela plaît à Madame.... je serois fâché de lui déplaire.... C'est pourquoi.... je vous la cède, Monsieur.

LOURDIS.

Point mal du tout, en vérité.

VALERE.

En ce cas, Lisette, avertissez le Notaire; & vous, Monsieur, vous me présenterez au Père de Mademoiselle, comme un de vos amis qui signe pour témoin.

FINOT.

Oui, Monsieur.

LOURDIS.

Voilà ce que c'est, entrons.

SCENE XIII ET DERNIÉRE.

LES ACTEURS PRÉCÉDENS. BONNE-FOI.

LOURDIS.

EH! c'est Monsieur Bonne-foi.

BONNE-FOI, *sérieusement.*

Pour vous servir, Monsieur; voici le contrat que vous m'avez fait demander.

LOURDIS.

Parbleu! on appelle cela être véritablement dans le Costume de son rôle! & son sérieux! vois-tu, ma Femme?

BONNE-FOI.

Son rôle! Que voulez-vous dire?

LOURDIS.

LOURDIS.

Ah! vous en jouez donc auſſi, vous ?

BONNE-FOI.

Comment? ſi j'en joue?

FRONTIN.

Eh! Meſſieurs, finiſſons d'abord notre affaire ; nous aurons le tems de jaſer après.

LOURDIS.

C'eſt bien dit; finiſſons.

BONNE-FOI.

Monſieur, il n'y a plus que les noms & qualités du Futur.

VALERE.

Mettez Monſieur, Capitaine au Régiment de....

BONNE-FOI.

Capitaine.... Mais on m'avoit dit....

LOURDIS.

Non, non; mettez toujours comme dit Monſieur ; ça rend la Scène plus plaiſante....

FRONTIN.

Infiniment.

BONNE-FOI.

Comme vous voudrez: Capitaine au Régiment de....

VALERE *dicte; Frontin cauſe avec les autres....*

Vous voyez bien, c'eſt naturel comme cela. Mais vous ne devez pas l'entendre, vous, parce qu'il eſt cenſé qu'on vous trompe....

LOURDIS.

Ah! oui, oui, je comprends.... c'eſt comme témoin....

FRONTIN.

Oui, vous y êtes.

BONNE-FOI.

A vous à ſigner, Madame.

Madame FINOT, *avant de ſigner.*

Signerons-nous auſſi.

FRONTIN.

La peste! n'y manquez pas. C'est un jeu de Théâtre nécessaire.

LOURDIS.

Oui, oui; cela ne coûte pas davantage. Il faut, autant qu'on le peut, mettre de la vérité par-tout.... Donnez-moi la plume.

FRONTIN, *le regardant écrire.*

C'est-il fait, Monsieur?

LOURDIS.

Oui, Christophe Lourdis, avec paraphe encore.

FRONTIN.

C'est bien, Monsieur, la Pièce est finie.

LOURDIS.

Et comment la nommerons-nous? LeProvincial dupé, n'est-ce pas.

FRONTIN.

Non, les dupes.

LOURDIS.

Pourquoi les dupes, il n'y a que mon Gendre qui l'a été un instant à la scène de l'épée.

FINOT, *avec malice.*

Moi, oh que nenni, j'ai bien vu que c'étoit un détour.

LOURDIS.

Allons, allons, mon Gendre, convenez que vous avez eu peur, là franchement, n'est-il pas vrai, Madame Finot?

Madame FINOT.

Oh! oui, je ne m'en cache pas.

LOURDIS.

Bien, bien, remettez-vous, allez, c'est une plaisanterie que nous avons voulu faire pour vous égayer un peu; mais pour vous dédommager pendant que

Monsieur Bonne-foi est là, nous allons signer le véritable contrat.

BONNE-FOI.

Le véritable contrat !

LOURDIS.

Sans doute, celui-là n'en est pas un, voyez-vous; c'est un badinage que nous avons fait entre nous, comprenez-vous, une petite Comédie que nous avons jouée pour passer le tems.

BONNE-FOI, *les regardant tous.*

Comment, une Comédie!

LOURDIS.

Eh! oui, une Comédie, est-ce que vous n'étiez pas prévenu.... Eh! morbleu, c'est excellent, vous étiez donc la dupe aussi vous? Ah! bravo, bravo, les dupes, oui, vous aviez raison.

LISETTE.

Oh! il y en a encore une.

BONNE-FOI.

Je le crois. Ma foi, mon cher Monsieur, je ne sçais si vous avez cru jouer une Comédie, ni quel rôle vous avez dû y remplir; mais vous sçavez du moins que le Notaire est réel, & je puis vous assurer que le dénouement est véritable.

LOURDIS.

Qu'est-ce que vous me contez ici de Notaire & de dénouement?... Entendons-nous donc un peu..... Vous, Monsieur le Musicien, Auteur....

FRONTIN.

Vous me faites trop d'honneur, Monsieur, je ne suis plus qu'un Valet.

Madame LOURDIS.

Un Valet, ah Ciel! & ma fille?

LISETTE.

Elle est mariée, Madame.

Madame FINOT.

Mariée ! & Monfieur ?

FRONTIN.

C'eft l'époux de Mademoifelle.

FINOT.

Son époux ! & moi donc ?

LISETTE.

Vous, Monfieur, vous êtes une des dupes en queftion.

LOURDIS.

Ah ! ventrebleu, j'y fuis ; & moi l'autre, n'eft-ce pas ?

FRONTIN.

Pardon, Monfieur, mais rappellez-vous l'intention ; vous m'avez payé pour duper, j'ai voulu bien gagner votre argent.

FINOT.

Oui-dà, oh bien, Monfieur, vous m'avez dupé à la répétition ; mais ne comptez pas fur moi pour la Pièce, vous la jouerez tout feul, pas vrai, ma mère?

LISETTE.

Confolez-vous, allez, Monfieur, où le rôle de l'Amant commence, celui de rival eft fini.

Madame FINOT.

Oh ! tout ça eft bel & bon, mais il n'y a rôle qui arrête. (*A Madame Lourdis.*) Madame, vous m'avez donné votre parole, & je m'y tiens.

Madame LOURDIS.

Mais je compte bien vous la tenir auffi.

FRONTIN.

Comment, Madame, vous avez fi bien joué votre rôle avec tant d'ame & de fentiment!..... & vous Monfieur, vous aviez fi bien faifi le caractère du vôtre, voudriez-vous vous démentir au dénouement.....

Monſieur le Notaire, parlez donc un peu pour nous, les dénouemens vous regardent.

BONNE-FOI.

Effectivement, Monſieur, les choſes ſont bien avancées maintenant. Le contrat eſt ſigné, l'on ne peut plus s'en dédire.... Mais je connois Monſieur, & je puis vous aſſurer que c'eſt un très-bon parti pour Mademoiſelle.

LOURDIS.

Allons, en ce cas là, il n'y a que demi-mal. Madame Finot, arrangeons-nous à l'amiable ; j'ai ma ſeconde fille au Couvent, je vous l'offre pour votre fils en dédommagement de cette petite plaiſanterie-là.

Madame FINOT.

A la bonne heure, j'y conſens.

FINOT.

A condition qu'il n'y aura pas de Comédie pour la noce toujours.

LOURDIS.

Il y avoit long-tems que j'avois le plan d'une Comédie dans ma tête, il ne me manquoit plus que le ſujet, le voilà tout trouvé.

FRONTIN.

Et pour que la fête ſoit complette, Monſieur, admirez notre prévoyance, nous avons encore fait préparer un petit Ballet, dont nous allons vous donner le divertiſſement.

LOURDIS.

Ah! parbleu, cela eſt trop honnête; allons, Madame Finot, laiſſons-là la rancune, & prenons tous part à la fête.

FRONTIN.

Vous n'attendrez pas long-tems, entrez, Meſſieurs.

LE BALLET entre & commence.

VAUDEVILLE.

AIR : *Un Soldat par un coup funeste.*

LISETTE.

QUAND pour épouser une Belle
On amène un Provincial,
La Scène s'entame avec elle,
Presque toujours par un Rival.
C'est l'amant de Province,
Malgré le Papa, la Maman,
Qui fait toujours le rôle le plus mince,
Et s'en retourne au dénouement.

LOURDIS.

Tout ici-bas est Comédie,
Jusqu'aux projets des amoureux;
Chacun fait son rôle en la vie,
Mais chaque Acteur n'est pas heureux.
On va de Scène en Scène,
On débute facilement;
Mais c'est la fin qui coûte plus de peine,
Et l'écueil est au dénouement.

VALERE.

Dans la richesse & la fortune
Faire consister le bonheur,
Cette erreur n'est que trop commune,
Mais n'a jamais séduit mon cœur.
Ah! si dans cette vie
Nous disposons d'un seul moment;
Si ce moment n'est qu'une Comédie,
Qu'amour en soit le dénouement.

ANGÉLIQUE.

Si l'amour eſt une folie,
Au moins il promet d'heureux jours;
D'une agréable Comédie,
Il nous repréſente le cours.
Réſervons la ſageſſe,
Pour confidente au ſentiment,
Pour notre intrigue adoptons la tendreſſe,
Et le bonheur pour dénouement.

FINOT.

La peſte ſoit de la manie,
Qu'on a de ſe moquer des gens;
Vous vous donnez la Comédie,
Je le vois trop, à mes dépens.
Si jamais on m'occupe
D'autre rôle en pareil moment,
Je promets bien, de peur d'être encor dupe,
D'aller tout droit au dénouement.

FRONTIN, *au Public.*

En vain dans une Comédie,
L'Auteur traite un plaiſant ſujet,
Si vous n'approuvez ſa folie,
Il aura manqué ſon objet.
Mais quand votre ſuffrage,
L'accueille favorablement,
Alors il voit couronner ſon Ouvrage
Par le plus heureux dénouement.

FIN.

APPROBATION.

Lu & approuvé. A Paris, le 16 Juillet 1780.

Signé, SUARD.

Vu l'Approbation, permis de Représenter & Imprimer. A Paris, ce 17 Juillet 1780.

Signé, LE NOIR.

De l'Imprimerie de CAILLEAU, rue Saint-Severin, 1780.

www.ingramcontent.com/pod-product-compliance
Ingram Content Group UK Ltd.
Pitfield, Milton Keynes, MK11 3LW, UK
UKHW020455230726
13925UKWH00005B/1946